BIBLIOTHÈQUE L. CURMER.

ENSEIGNEMENT MORAL.

LETTRES A MON AMI JACQUES.

PREMIÈRE LETTRE.

DES RICHES.

10 centimes.

PARIS.

L. CURMER,
de Richelieu, 49, AU PREMIER.

1849

BIBLIOTHÈQUE L. CURMER.

ENSEIGNEMENT
MORAL.

LETTRES
A MON AMI JACQUES,

Par Maurice BLOCK,

Membre correspondant de la Société d'agriculture.

PREMIÈRE LETTRE.
DES RICHES.

La République doit mettre à la portée de chacun l'instruction indispensable à tous les hommes.

(Constitution de 1848.)

PARIS.

LIBRAIRIE DE L. CURMER,
rue de Richelieu, 49, AU PREMIER.

1849

La **Bibliothèque L. Curmer** est destinée à enserrer dans un vaste réseau de publications *tout* ce qui touche à l'ENSEIGNEMENT UNIVERSEL, à l'ENSEIGNEMENT MORAL et à l'ENSEIGNEMENT ÉLÉMENTAIRE. Sous le premier titre, elle abordera toutes les questions qui dérivent de la Constitution ; sous le deuxième, elle comprendra une série d'histoires et de récits instructifs et amusants ; sous le troisième, elle donnera des notions de toutes les sciences.

Elle fait un appel à *l'intelligence*, en la conviant à répandre ses bienfaits sur tous ceux qui ont besoin d'apprendre ; à la *richesse*, en l'engageant à populariser ces petits écrits et à les distribuer avec la profusion qu'ils méritent par leur but et leur importance ; aux *travailleurs*, en leur offrant un moyen sûr et peu dispendieux d'acquérir sans peine toutes les connaissances qui forment l'homme et le citoyen.

Cette publication est placée sous le patronage de L'ENSEIGNEMENT, *association nationale et fraternelle pour la diffusion des lumières et l'émancipation intellectuelle*, qui compte parmi ses membres CENT VINGT REPRÉSENTANTS DU PEUPLE, et qui a pour but de répandre partout l'amour du pays, l'instruction et la paix.

Ces petites publications coûteront 10, 20, 30, 40 et 50 centimes, selon le nombre de feuilles de 32 pages, et celui des gravures qui serviront à l'explication du texte.

Paris. — Imprimerie de RIGNOUX, rue Monsieur-le-Prince, 29 *bis*.

LETTRES
A MON AMI JACQUES.

PREMIÈRE LETTRE.

DES RICHES.

Mon cher Jacques,

Dans ton club, on a crié : *A bas les riches !* me dis-tu, et tu n'en paraîs même pas indigné. Aurais-tu mêlé ta voix à ce chorus inqualifiable ? J'espère que non ; car, que voudrais-tu ?

Tuer les riches pour te partager leurs biens ?

Assurément non, tu ne saurais être un assassin.

Enlever leur fortune, sans toucher à leur vie?

Ce n'est guère plus vraisemblable; car tu n'es ni un voleur pour le faire par la ruse, ni un brigand pour l'essayer par la violence. De plus, comme personne ne se laisse piller sans se défendre, le sang versé retomberait sur les agresseurs, qui n'en seraient pas moins des meurtriers.

Il ne reste plus qu'une supposition : tu voudrais qu'une loi vînt vous autoriser à dépouiller les riches. Comme tes lettres précédentes m'ont fait voir que tu penchais vers certaines doctrines prêchées depuis quelque temps, je crois avoir deviné, cette fois.

Or, comme pour essayer l'or on a la pierre de touche, de même pour essayer un principe on a ses conséquences; pour essayer une théorie on a la pratique, l'exécution. Je te demanderai donc si tu as songé aux moyens d'exécuter une telle loi !

Dis-moi, par exemple, ce que tu appelles être riche? Est-ce avoir cent mille francs de rentes, où cinquante mille, ou dix mille, ou cinq mille? Et ici je suppose, pour abréger, qu'on puisse toujours bien connaître le revenu de chacun et les charges qu'il supporte; car tu conviendras qu'avec le même revenu un célibataire va plus loin qu'un père de famille, etc.

Je répète, qu'est-ce donc qu'être riche? Une loi devant être précise, il faut fixer un chiffre.

Te voilà bien embarrassé!... Mais n'as-tu pas des amis qui savent tout résoudre, qui ne reculent devant aucune difficulté? Consulte-les donc.

Voici à peu près quelle serait leur décision :

Nous, par la grâce de notre génie supérieur, seuls possesseurs de toute sagesse, de toute vérité, seuls distributeurs du bien et du mal, nous arrêtons ce qui suit:

Art. 1. La richesse commence à partir de 5,000 fr. de rentes.

Art. 2. Celui qui en a

10,000	en perdra	3,000
25,000	—	10,000
50,000	—	30,000
100,000	—	70,000 etc.

Art. 3. Celui qui a un revenu de 5,000 fr. et au-dessous ne sera pas dépouillé, il gardera ce qu'il a (article secret : jusqu'à ce qu'il nous plaise d'en décider autrement).

Maintenant comment expliquer ces différences?

Quoi! quand je posséderais 25,000 fr., vous m'en enlèveriez 10,000; quand j'en aurais 50,000, vous m'en prendriez 30,000, etc., et quand ma fortune ne monterait qu'à 4,000 fr., vous n'auriez plus ce droit? Tu veux faire une loi, mon ami, et il s'agit du *droit* et non de *l'arbitraire*.

Je défie tes amis d'en trouver une *raison* tant soit peu *raisonnable*.

Ils ne sauraient dire et répéter qu'une

chose : « Vu que *nous* et un certain nombre d'autres personnes n'en ont pas davantage, nous décidons que l'homme n'a pas le droit de jouir de plus d'agréments que ceux qu'on peut acheter pour la somme de tant....., fixée par nous. »

Quelque absurde que cela soit, il y a des hommes qui trouveraient ainsi leurs sentences suffisamment motivées. S'il te faut des exemples, je t'en donnerai une longue liste dans une prochaine lettre ; aujourd'hui cela nous mènerait trop loin. Mais je crois que tu renonces à fixer le taux de la richesse.

Cependant tu ne te reconnais pas encore pour battu ; tu tiens en réserve un argument formidable contre ces pauvres riches : tu nies le droit de propriété, et te voilà libre de rogner à droite et gauche, de tailler dans le vif, s'il le faut.

Nier la propriété !

Mais, mon cher Jacqnes, il est plus facile de dire : *la propriété, c'est le vol,* que de le prouver. Sais-tu ce qu'on gagne en publiant des mots aussi extraordinaires ?

On fait du bruit, on fait parler de soi. Et tout le monde de dire : c'est drôle, voler, c'est enlever la propriété de quelqu'un. *La propriété, c'est le vol,* signifie donc : la propriété, c'est enlever la propriété de quelqu'un. Un homme qui invente de telles choses peut se poser en professeur, peut se vanter de frayer des voies nouvelles, etc. Mais quoi ! ne fait-on pas du bruit en employant la poudre pour briser les rochers qui servent à construire une route ? Il est vrai que cette poudre on ne la jette pas aux yeux des passants.

Nier la propriété !

Est-ce résoudre, faire disparaître la difficulté ? Non, c'est seulement la déplacer. Semblable à une mauvaise ménagère, vous enlevez l'objet qui encombre une chaise pour le mettre... non à sa place, mais sur une autre chaise, où il gênera davantage. Ainsi, en faisant une loi qui supprime la propriété comme *droit,* vous avez un prétexte pour faire main-basse sur la fortune des riches, c'est vrai ; mais vous tombez sur un obstacle bien autrement résistant qu'une loi, cet obstacle, c'est la *nature humaine*.

La nature humaine? Fi donc! de grands génies comme tes amis s'arrêteraient-ils à si peu de chose? Ne pourraient-ils pas s'en moquer tout aussi bien que... Je vais te raconter une histoire.

Il y avait jadis un tyran nommé Procuste. Ce tyran invitait à sa table tous les voyageurs qui passaient par ses États, et quand ils avaient bien dîné, il les faisait mettre au lit.

C'est très-bien jusqu'ici, n'est-ce pas? Mais attends la suite.

Ce lit était d'une grandeur moyenne, et comme le citoyen tyran aimait l'égalité à la folie, il faisait couper les jambes qui dépassaient la mesure voulue, et afin d'allonger ceux qui étaient plus courts, il leur disloquait les membres.

Comprends-tu maintenant ce que c'est que de mépriser la nature humaine?

Tu accorderas peut-être qu'il faut tenir compte de cette pauvre nature humaine, cependant tu pourrais douter que la propriété fût un sentiment aussi général.

Dans ce cas, je te défie de trouver, même parmi les communistes, un seul homme dépourvu de *l'instinct de la propriété*.

Tu ne manqueras pas de rencontrer des personnes ayant perdu la faculté de voir, d'ouïr; mais dusses-tu, comme Diogène, allumer ta lanterne en plein midi, tu n'en trouverais pas qui aient perdu cet instinct universel. Le voleur lui-même, tout en violant la propriété d'autrui, s'efforce très-bien de garder la sienne.

Une ancienne fable nous raconte, entre autres choses merveilleuses, que Polyphème et les géants ses frères n'avaient qu'un œil au milieu du front, et dévoraient les pauvres gens qui avaient 5 ou 6 pieds de haut et deux yeux.

Tu croiras bien que des hommes aient pu manger leurs semblables, parce qu'il y en a des exemples, des témoignages récents; mais tu n'admettras jamais qu'on puisse n'avoir qu'un œil placé au milieu du front.

Pourquoi ?

Parce que, à moins d'avoir perdu un œil par accident, tous les hommes connus ont deux yeux, et parce que la construction du corps humain l'exige ainsi.

Eh bien ! si tu trouves cette raison suffisante par rapport aux yeux, pourquoi ne le serait-elle pas aussi par rapport à un instinct ? Si tous les hommes connus ont le sentiment de la propriété, n'est-il pas permis, n'est-il pas juste de dire qu'il est fondé sur la nature humaine.

J'ajoute :

Constitué comme il l'est, l'homme ne saurait se passer de cet instinct. Je vais te le prouver.

L'homme n'aime pas ce qui lui cause de la peine, c'est évident, n'est-ce pas ? Or, le *travail* est une peine, et l'homme l'éviterait s'il n'avait des besoins à satisfaire. Cela ne souffre également aucun doute.

Maintenant, quel sont ces principaux besoins ?

Assurément, ce sont la nourriture, le vêtement et le logement.

Continuons : si les fruits, les poissons, le gibier, étaient là tout prêts à être mangés, le travail de l'homme pour se nourrir se réduirait à fort peu de chose. Sûr de ne jamais manquer de rien, il vivrait au jour le jour, et s'en tiendrait là. Mais il n'en est point ainsi. Les fruits manquent pendant une grande partie de l'année et ne sont même pas suffisants ; il n'y a pas partout des rivières, et l'on n'est pas toujours heureux à la pêche ; quant au gibier, il est trop rare pour que l'on puisse compter sur lui.

Il faut donc rechercher d'autres ressources et demander à un long travail ce qu'un moindre refuserait : c'est-à-dire, il faudra semer, afin de récolter, planter des arbres pour recueillir des fruits. Or, *semer, planter,* sont des actes de *prévoyance* et d'une prévoyance nécessaire, tu en conviendras.

Je ne m'arrêterai pas à te rappeler combien de temps il faut pour changer le lin, le coton, la laine, la soie en vêtements, pour tanner les peaux et en faire des souliers; combien de mois on devra attendre avant d'habiter la maison dont on pose aujourd'hui la première pierre. De tels travaux ne sont évidemment entrepris que par prévoyance : or, la prévoyance est impossible sans propriété; car qui travaillerait s'il n'était sûr de jouir des produits de son labeur? On pourrait même dire que la propriété n'est que la prévoyance réalisée, mise en action.

Est-ce clair? Ce qui suit ne le sera pas moins, j'espère.

Le morceau que tu mets dans ta bouche est bien à toi, n'est-ce pas? Si tu avais faim, personne ne te l'enlèverait impunément. S'il en est ainsi, pourquoi un objet dont tu auras besoin demain, dans un mois, dans un an, ne t'appartiendrait-il pas au même titre?

Vois où cela conduirait. Le fruit qui ne t'aurait coûté que cinq minutes de peine à cueillir serait ta propriété, tu pourrais le manger sans contestation, tandis que le blé obtenu au moyen du travail d'une année ne t'appartiendrait pas, parce que... il peut te nourrir plus d'un jour, parce qu'il suffit pour une année entière !

Ainsi le sentiment de la propriété est dans tous les hommes et leur est même indispensable; il s'ensuit qu'aucune loi ne parviendrait à l'anéantir, sans supprimer en même temps tout travail.

Si tu as réellement lu les livres pour lesquels tu m'avouais dans tes lettres avoir de la préférence, si tu as bien appris ta leçon, tu céderas, comme tes maîtres, à ce qu'ils appellent le *préjugé général,* et tu diras :

« Je ne suis pas précisément pour l'abolition de la propriété ; je trouve juste que celui qui a travaillé jouisse de la fortune gagnée à la sueur de son front ; seulement, après sa mort, ces richesses doivent appartenir à l'État, qui les distribuerait à ceux qui n'ont rien. »

Aurais-tu deux poids et deux mesures, ou ne saurais-tu pas que tu viens de te contredire? Tu trouves juste que chacun jouisse des fruits de son travail, et il te semble juste également que le premier venu profite de mon bien, sans avoir aidé à le produire, et cela à l'exclusion de mes enfants! Mais s'ils avaient eux-mêmes contribué à ma fortune, comme il arrive dans beaucoup de familles. Ceux-là prendraient leur part, n'est-ce pas?

Alors il en adviendrait que les fils adolescents hériteraient, et que les fils en bas âge, qui en ont le plus besoin, se trouveraient dans le dénûment à la mort de leur père. Et que ferait la mère, surtout si elle est habituée à l'aisance? Ignores-tu que beaucoup de parents ne travaillent que pour leur enfants? Que beaucoup de produits, beaucoup de richesses, n'existeraient pas sans le droit d'héritage? Quel vieillard, je dirais presque quel mortel, commencerait une entreprise un peu longue, s'il ne pensait à ses enfants? Or, penser à ses enfants, c'est renforcer, c'est agrandir la prévoyance.

Tu dois reconnaître par là que le droit d'héritage est d'une immense utilité pour la société. Supposons maintenant qu'on fasse une loi pour abolir ce droit qui déplaît à tes amis, il n'en résulterait qu'un changement de mots : au lieu d'hériter, les enfants recevraient en don la fortune de leur parent. Si ce moyen ne suffisait pas, l'amour paternel ou maternel, qui, comme la foi, déplace des montagnes, trouverait bien une voie quelconque pour avantager l'objet de son affection. Je te ferai remarquer, en outre, qu'en reconnaissant le droit de propriété, on ne saurait empêcher personne de disposer de ses biens.

Enfin, comment oses-tu attaquer le droit d'héritage, quand j'ai été témoin que toi, républicain de la veille, et de plus habitué des clubs, que toi, dis-je, tu traites tout autrement le fils d'un homme considéré que le fils d'un mendiant ? Je n'examine pas ici si tu as tort ou raison, je constate un fait. Au reste, si c'est un *préjugé*, il est universel ; tout le monde reporte involontairement sur le fils l'affection et souvent l'estime qu'on avait pour le père. Pourtant le mérite d'un homme est bien plus personnel que sa fortune. Je puis faire usage des effets de mon père ; mais ai-je son savoir, son talent, son habileté ?

Mon ami, tant que l'humanité habitera la terre, l'amour paternel ne permettra jamais qu'on abolisse le droit d'héritage. Malheur à la société si des insensés pouvaient réussir dans leurs projets subversifs. Les liens de famille se briseraient, les hommes se disperseraient, les champs se couvriraient bientôt de forêts impénétrables et de marais, où se cacheraient quelques êtres misérables, tristes débris d'une civilisation détruite.

La propriété admise, attaquer la richesse, c'est attaquer quoi ? l'économie. En effet, comment se forme la richesse ? Tu gagnes 5 francs par jour, tu n'en dépenses que 3 , et tu en mets deux de côté. Au bout d'un certain temps, tu as amassé ainsi une bonne petite somme que tu peux faire valoir honnêtement de plusieurs manières ; si tu as de l'intelligence, si tu es favorisé par les cir-constances, ta fortune est faite.

Certes, l'avarice est un vice ; mais de l'avarice qui se refuse le nécessaire à l'économie qui s'en contente, il y a très-loin. Vraiment, en écoutant tes amis, il semble que ce monde renversé, dont les images ont égayé notre enfance, soit réalisé. Je regarde autour de moi pour voir si la souris ne fait pas la chasse au chat, ou si le cheval ne tient pas le fouet, tandis que le cocher est attelé à la voiture. N'est-il pas tout aussi contraire au bon sens d'attaquer l'économie ou l'épargne ?

Va, mon cher Jacques, je ne te crois pas assez partisan de ces doctrines destructives pour imaginer que tu sois allé aussi loin. Je ne te ferai donc pas l'injure de dire un mot en faveur de l'épargne ; je t'engagerai seulement à examiner de près ceux qui lui font le procès plus ou moins directement. Tu verras toujours qu'à part quelques fous, ce sont des hommes qui préfèrent vous voir dépenser, le dimanche ou le lundi, le salaire de votre semaine toute entière, plutôt que de vous exhorter à l'économie. Sais-tu pourquoi ? Je te le confierai en secret : l'ou-

vrier qui pratique l'épargne tombe rare-
ment dans la misère, atteint quelquefois
l'aisance ou la fortune, et n'écoute jamais
les orateurs des clubs. Or, cela ne fait pas
l'affaire de ces messieurs, et voilà d'où vient
qu'ils parlent toujours du peuple grand,
magnanime, fort et vertueux, — ce qui est
bien ; — et qu'ils lui font des promesses
folles, impossibles à réaliser, — ce qui est
mal. Ajoutons, et ceci est impardonnable,
qu'ils ne trouvent jamais l'occasion de flé-
trir ceux d'entre vous (et tu sais s'il y en a)
qui portent au cabaret l'argent destiné à
entretenir leur famille. J'en veux toujours
à M. Louis Blanc de n'avoir pas su , pendant
sa toute-puissante popularité , trouver une
parole en faveur des femmes et des enfants
du peuple qu'il savait si bien flatter.

Je m'attends maintenant à une nouvelle
objection de ta part. « J'admets, diras - tu,
tous tes arguments en faveur de la propriété , mais pourquoi y a-t-il des riches à
côté des pauvres ? Ne devrait-on pas tendre
à égaliser les fortunes en faisant des lois
qui, sans dépouiller les riches , empêchent

dorénavant l'accumulation des biens dans un trop petit nombre de mains. »

Tu me poses là plusieurs questions à la fois, je vais les prendre l'une après l'autre.

Tu voudrais savoir d'abord pourquoi il y a des riches et des pauvres, pourquoi celui-ci roule carrosse, tandis que l'autre est vêtu de haillons?

Je te demanderai, à mon tour, pourquoi Aubert, Rossini, Meyerbeer, font de si belle musique, et que toi et moi nous n'avons jamais pu inventer le plus petit air? pourquoi Lamartine et Victor Hugo sont de si grands poëtes, et nous.... Prenons d'autres exemples: pourquoi Jean fait-il de plus beaux souliers que Pierre, pourquoi Paul coupe-t-il mieux un habit que Philippe? etc.

Ou c'est un talent né avec eux ;

Alors je te renvoie vers celui qui crée les hommes ; il te dira, s'il le juge conforme à sa sagesse, pourquoi il distribue inégalement le génie, l'intelligence — et les richesses.

Ou c'est un talent acquis par un travail assidu, opiniâtre ;

Et alors comment pourrais-tu t'étonner qu'en travaillant beaucoup on obtienne plus de produits, plus de richesse, qu'en travaillant moins ?

Serais-tu, par hasard, pour l'égalité des salaires ? Établirais-tu une loi portant que chacun travaille selon ses forces, et qu'il soit payé selon ses besoins ?

Ce serait une belle loi, sans doute, et qui ferait naître bien des besoins ; cependant elle a encore un grand défaut, c'est de demander du travail. J'en ferais une bien plus belle, moi, si j'étais législateur, j'ordonnerais :

— Que toutes les sources se changent en lait, tous les ruisseaux en chocolat, toutes les rivières en vin ; que le blé se transforme de lui-même en pain, et que les volailles, le gibier, etc., se présentent rôtis et assaisonnés à la portée du consommateur.

Qu'en dis-tu ? tu ris ? mais ma loi n'est pas plus contraire à la nature que celle de l'égalité des salaires ; car, si la nature ne produit pas sans que l'homme y mette son travail, l'homme ne travaille pas sans être stimulé par ses besoins. Il serait beau, je le veux bien, que le fort travaillât plus que le faible sans exiger un salaire plus haut ; mais il ne le fera pas. Toutes les belles phrases du monde seraient prodiguées en vain ; il faut choisir entre les propositions suivantes :

Ou le faible, le maladroit, le paresseux, reçoit le même salaire que le fort, l'homme habile et laborieux, et alors il n'y a plus de motif pour se donner la peine de travailler ;

Ou on suit la loi naturelle : à chacun selon son travail ; alors la propriété, la richesse, peuvent devenir la récompense de celui qui aura fait le plus d'efforts.

Nous nous décidons pour l'inégalité des salaire, n'est-ce pas, mon ami, au risque d'avoir des riches et des pauvres.

Cependant, en dépit de la conviction qui s'empare bien malgré toi de ta raison, il répugne à ton bon cœur d'accepter des pauvres, tu voudrais que tout le monde fût riche. Je le souhaite comme toi ; mais, que veux-tu, il faut se rendre à l'impossible.

Il me souvient très-bien qu'un certain journal s'est moqué naguère très-agréablement de ce que M. Thiers ne voulait que le possible. Apparemment ce journal se proposait de réaliser l'*impossible*. Quelle grandeur d'âme !

Je confesse humblement que je ne saurais m'élever à cette hauteur ; je continue donc, jusqu'à nouvel ordre, à considérer comme vrai le proverbe bien connu :

Où il n'y a rien, César perd ses droits.

En effet, il n'y a pas sur la terre de quoi rendre riches tous les hommes.

Par exemple :

Il y a en France environ deux milliards de francs en argent ; distribue-les sur les 36 millions d'habitants, chacun aura 55 fr. On n'est pas riche avec ça, n'est-ce pas ? Continuons :

Sur les 6,798,151 maisons existant en France, il se trouve, cela est vrai, un certain nombre de palais, d'hôtels et de belles maisons, mais il n'y a pas de place pour y loger tout le monde. Des millions de Français aiment encore mieux se contenter de 346,401 huttes à une ouverture, de 1,817,328 chaumières à deux ouvertures, que de coucher à la belle étoile (1).

S'il y avait du pain blanc pour toutes les bouches, on ne mangerait point de pain de seigle, d'orge, de sarrasin, sans compter les Français qui sont forcés de se contenter de pommes de terre ou de châtaignes.

Pour donner, une fois par jour seulement, de la viande à tous ceux qui voudraient en manger, il faudrait abattre en une seule année presque tout le bétail de la France.

Si la soie n'était pas plus rare que le blé, d'où viendrait-il que celui-ci se vend 20 centimes le kilogr., tandis que l'autre

---

(1) Il y a en France

346,401 maisons (huttes) à 1 ouverture.		
1,817,328	*id.*	(chaumières) à 2 ouvertures.
1,320,937	*id.*	à 3 *id.*
884,061	*id.*	à 4 *id.*
583,026	*id.*	à 5 *id.*
1,846,398	*id.*	à 6 *id.* et au-dessus.

6,798,151 maisons.

coûte de 70 à 100 francs et au-dessus le kilogr. ?

Ces exemples, pris au hasard entre mille, suffiront, et je passe à un autre point.

L'égalité de fortune, fût-il possible de l'établir, ne saurait durer. Dès le lendemain du partage, l'homme intelligent et laborieux commencerait à agrandir sa part, et le jour même le paresseux, l'ivrogne, le prodigue, auraient fait une brèche à la sienne. Il serait, du reste, trop absurde de supposer qu'on enlevât au premier ses gains à mesure qu'il les réalise, pour remplacer ce que le dernier dissipe tous les jours : aussi je ne m'y arrêterai pas.

J'aurais encore beaucoup à dire sur l'égalité des fortunes ; mais pour abréger, je n'ajouterai qu'une chose. Si au lieu d'établir la misère générale, le partage des biens pouvait produire la richesse générale, quel en serait l'effet? L'homme se laisserait aller à sa paresse naturelle, personne ne voudrait plus travailler, et quand les provisions seraient consommées, les magasins vidés, et toutes les ressources épuisées, il ne resterait, avec la pauvreté de tous, qu'un stérile regret.

En résumé, il paraît que le bon Dieu n'a pas eu complétement tort en créant des riches et des pauvres, d'autant moins que personne n'est exclu du banquet de la fortune ; tout le monde ne s'y asseoit pas, il est vrai, mais tout le monde y est invité. Je dirais : heureux ceux qui y trouvent place, si je n'étais convaincu que la richesse et le bonheur ne sont pas nécessairement unis.

Quant à ta motion, d'empêcher la formation de nouvelles grandes fortunes, je me borne à te faire observer qu'elle est toute dirigée contre les pauvres actuels... qui ne t'en sauraient aucun gré, tandis qu'elle constituerait un privilége en faveur des anciens riches.

Jusqu'à présent nous sommes convenus :

Que le droit de propriété est inhérent à

la nature humaine et ne saurait être aboli impunément ;

Que le partage égal des biens produirait une misère générale ;

Que l'inégalité des fortunes est un fait inévitable ;

Cependant, tout en acceptant ces vérités, tu pourrais encore penser que la présence des riches à côté des pauvres est un mal, nécessaire il est vrai, mais toujours un mal ; j'espère te prouver que tu te trompes encore sur ce point, et que l'inégalité des fortunes est un bien.

En examinant les professions des hommes, tu vois des fonctionnaires, des juges, des militaires, des médecins, des prêtres, des savants, des professeurs, des artistes, des rentiers, des négociants, des fabricants, des artisans se subdivisant en des centaines de métiers, des laboureurs, etc. Pourquoi cette variété presque infinie ?

Parce que l'homme a des besoins très-divers.

Pas une de ces professions ou de ces fonctions n'est de trop, sans cela elle n'existerait pas. Il y a des juges...., parce qu'il y a des procès ; des soldats., à cause de la guerre ; des artistes , afin de satisfaire le goût des hommes pour la musique , la peinture , etc., et ainsi de suite.

Il s'ensuit que toute profession correspond à un besoin.

Mais ces besoins sont plus ou moins pressants. On peut , à la rigueur, se passer d'aliments choisis , de beaux habits , d'appartements spacieux , bien meublés ; mais après tout il faut manger, se vêtir. Si chacun était forcé de travailler pour sa nourriture , ses vêtements , etc., il n'aurait que l'indispensable , en admettant qu'on y arrivât toujours. Et qui s'occuperait des sciences et des arts ? qui nous procurerait la sécurité intérieure ? qui nous garderait contre les ennemis du dehors ? comment obtiendrions-nous ces mille douceurs de la vie , auxquelles , dans un pays civilisé , le pauvre lui-même prend une certaine part ? Vois-tu, mon cher, parmi les sauvages il n'y a pas de riches , mais tous sont pauvres , et souvent même au sein d'une nature extrêmement féconde.

D'où cela vient-il ?

Cela vient de ce que chacun se suffit à lui-même. Aussi en quoi consistent leurs aliments ? En poissons crus, en quelques fruits, en produits de la chasse, ou, à leur défaut, en insectes dégoûtants, en racines souvent amères ou malsaines, etc. Leur habitation, leur mobilier, leur garde-robe, sont à l'avenant.

Tu me dispenseras, et pour cause, n'est-ce pas, de te parler de leurs sciences, de leurs arts, de leur gouvernement, de leurs lois ; mais je profiterai de cette occasion pour te faire remarquer en passant que quelques-uns de tes amis, en imaginant leurs utopies, ont oublié d'y préparer une place pour les sciences, les arts, et beaucoup d'autres professions. Voudraient-ils nous transformer complétement en sauvages ?

Il résulte de tout cela qu'à côté des hommes livrés à un travail manuel il en faut d'autres livrés à un travail intellectuel, et d'autres encore qui encouragent, excitent et récompensent la production. Si les riches n'avaient d'autres fonctions que celle de faire naître l'émulation en montrant un but à atteindre, cela seul suffirait pour justifier leur existence. Je dirai plus, si cet état de choses n'existait pas, il faudrait le créer; il est donc heureux que la nature y ait pourvu par l'inégalité des facultés et des forces humaines.

Faisons maintenant un autre raisonnement. Admettons un moment que les 36 millions de Français se fassent cultivateurs.

La France a environ 52 millions d'hectares de terres bonnes et mauvaises, forêts, landes et dunes comprises. En supposant le partage égal, les parts ne seraient pas très-grandes, surtout en tenant compte des terrains impropres à la culture. Mais ce n'est pas tout. Dans les trop petites fermes, si de telles exploitations peuvent s'appeler des fermes, on ne peut guère élever du bétail, et alors plus de viande, de lait, de fromage, de beurre, et, ce qui est plus grave, plus d'engrais. Or, tu sais que l'engrais sur les champs, c'est comme l'huile pour la lampe.

De cette manière, la France n'irait donc pas loin.

Supposons maintenant le partage inégal. Il y aurait des hommes possédant une ou même plusieurs centaines d'hectares, et d'autres qui n'auraient rien ou presque rien. Ces derniers travailleraient pour les premiers et gagneraient ainsi leur vie. Mais comme un homme peut cultiver plus d'un ou deux hectares par an, il y en aurait nécessairement un grand nombre d'inoccupés ou d'indigents. Faudrait-il entretenir ceux-ci par des aumônes?...

D'un autre côté, en quoi consisterait la richesse du propriétaire? En blé, légumes, bétail. Quand même il aurait mille sacs de farine, cela lui donnerait-il la faculté de manger plus que le propriétaire de cent, de cinquante sacs? Tu avoues que non. Alors j'ai bien peur qu'il ne se donne pas la peine d'en produire une si grande quantité. Pourquoi en effet tant d'embarras et de surveillance? pourquoi attirer les voleurs et peut-être les assassins. La production venant ainsi à diminuer, le pauvre pourrait bien mourir de faim.

Ce tableau te semble triste, mon ami? je vais te le changer en un clin d'œil. Vois maintenant.

Les cultivateurs sont restés en nombre suffisant, mais les professions sont devenues très-diverses. Le riche ne craint plus de multiplier ses biens, une police parfaitement organisée le protége contre les voleurs; à la place des pauvres, une foule d'artisans travaillent les métaux, tissent le lin, le coton, la laine, la soie, donnent des formes au bois, à l'ivoire, et s'évertuent à inventer tous les jours de nouvelles choses. Il y a plus, les mains ne suffisant plus pour l'immensité des besoins, on a assujetti les forces de la nature. Le vent ne déracine plus seulement les arbres, il fait mouvoir les ailes des moulins; l'eau inonde peut-être encore les récoltes, mais elle porte aussi des navires chargés de marchandises et fait tourner les roues des usines; la vapeur, qui se dissipait sans utilité, donne la vie à des machines puissantes et infatigables... et tout cela est dû aux riches.

Permets-moi d'insister sur ce point important, mais peu apprécié. Des hommes qui ne vont pas au fond des choses reprochent aux riches d'avoir beaucoup de besoins. Il faudrait au contraire s'en féliciter, car plus ces besoins sont variés, plus il y a de chance de trouver de l'emploi aux bras inoccupés. Tu vois là une nouvelle raison en faveur des riches, et aussi à l'appui de l'opinion déjà exprimée, qu'on ne saurait se passer d'eux, même dans une société nouvellement organisée.

Que penser alors de ceux qui voudraient les supprimer dans notre vieille société? Cette suppression serait-elle un malheur plus grand pour les riches que pour les millions d'ouvriers qui se nourrissent en travaillant pour eux?

Tu crois peut-être que les artistes, les bijoutiers, doreurs, carrossiers, tapissiers, les ouvriers de luxe enfin, perdraient seuls par l'abolition de la richesse? Et les tailleurs, les cordonniers, maçons, menuisiers, ébénistes, serruriers et tant d'autres, qui font des objets de première nécessité, en souffriraient-ils moins ? Consulte-les, ils te l'apprendront bien.

Quand j'entends parler de mesures aussi insensées, je me rappelle toujours une légende d'après laquelle un envieux qui avait sacrifié un œil afin de rendre son voisin aveugle fut puni par la perte de ses deux yeux.

En te parlant des besoins variés des riches, tu as sans doute compris qu'il s'agissait du *luxe*; comme on l'attaque souvent, je te dirai encore quelques mots en sa faveur.

Tu sais qu'il y a des sauvages qui mangent la chair humaine. Comment des hommes ont-ils pu arriver à se repaître d'une telle nourriture ? Voici la réponse qui me paraît la plus satisfaisante : les sauvages sont bornés à un petit nombre d'aliments, et font peu de provisions ; que leurs ressources ordinaires viennent à manquer, et cela n'est pas rare, une famine terrible est inévitable.

Si, comme les sauvages, nous n'avions également que le strict nécessaire, la récolte venant à manquer, que ferions-nous? Si chacun avait seulement l'indispensable, qui secourrait l'infirme, le vieillard?

On a proposé de construire de vastes greniers d'abondance et de les remplir jusqu'au faîte, afin de nous mettre à l'abri des disettes. Ce ne serait pas mal si c'était suffisant; de tels greniers peuvent fournir de grains une ville, un petit territoire, mais pas un grand pays. Il n'y a que le luxe qui atteigne ce but, même sans le chercher. En créant une foule de besoins factices, il excite l'industrie et l'agriculture à les satisfaire en variant et en multipliant leurs produits. Sûr de trouver des acheteurs, le producteur s'empresse de travailler et remplit magasins et greniers, au point de faire craindre l'encombrement plus souvent que la disette. Qu'un accident diminue un produit, vite un autre le remplace : le seigle supplée au froment, le maïs au seigle; puis viennent le riz, le sarrasin, les pommes de terre. Si ces ressources ne comblent pas le déficit, le commerce en apporte de nouvelles, et le commerce, bien qu'inventé par le riche, ne profite pas à lui seul. Chargé d'échanger le superflu d'un pays contre celui d'un autre, il expédie ses navires pleins d'objets de luxe, et nous procure ce qui nous manque. L'ouvrier de Lyon, d'Elbeuf, de Mulhouse, ne se doute souvent pas que le produit de son travail sert à payer des blés récoltés dans une contrée très-éloignée.

Et pourtant c'est ainsi.

Tu crois peut-être qu'il faut quelquefois envoyer de l'argent pour acheter des grains?

Nous en enverrons. Pour nos soieries, nos mousselines, nos draps, nos vins, etc. etc., le Brésil, le Mexique, le Pérou, donnent volontiers l'or et l'argent de leurs mines.

Cela ne te semble pas assez?

Qu'à cela ne tienne ; le commerce fera des opérations un peu plus compliquées, et nous aurons ce que nous désirons. Par exemple, il échangera une marchandise française contre un produit anglais demandé en Chine. L'argent touché dans cette contrée sera transporté en Amérique et servira à acheter du blé. Souvent les affaires sont plus simples, surtout quand on est pressé. On aime notre vin en Russie, nous avons besoin de ses céréales. Mais les consommateurs de l'un ne possèdent pas les autres. Alors un commerçant russe se charge d'avancer la valeur du vin, qui lui rentrera avec bénéfice par la vente en détail. L'argent ainsi obtenu nous sert à solder le blé. De cette manière, il y a eu réellement échange du superflu d'un pays contre celui d'un autre.

Voici encore un effet remarquable des efforts réunis du commerce et de l'industrie : nous importons annuellement pour 100 millions de francs de coton brut. Après l'avoir travaillé pour fournir de vêtements, de linge et de mille autres objets, les riches et les pauvres de France, il en reste encore assez pour exporter à l'étranger des mousselines, des indiennes, des passementeries, etc., pour une somme presque égale.

Ainsi les pluies d'or ne se trouvent que dans les contes de fées ; de nos jours, ce vil métal s'obtient seulement par le travail, ou, ce qui est la même chose, pour des marchandises.

Quant au luxe, je puis en résumer l'utilité par la proposition suivante :

Il faut l'abondance, le superflu même, pour ne jamais manquer du nécessaire.

J'ai omis jusqu'à présent de mentionner une fonction très-importante du riche, celle de faire des avances. Comme je me réserve de la traiter avec plus d'étendue dans une autre lettre, je serai court aujourd'hui sur ce point.

Il y a beaucoup d'objets, tels que le blé, les vêtements, les maisons, qu'on ne produit qu'à l'aide d'un long travail. Cependant il faut que l'ouvrier vive ; il ne saurait attendre jusqu'à la moisson pour toucher le salaire gagné en préparant les semailles. C'est au riche ou au capitaliste à lui en faire l'avance. Avec cela il y a souvent des outils, des machines coûteuses, des matériaux à acheter, et quelquefois les entreprises les plus utiles ne rapportent de bénéfices qu'au bout de plusieurs années. De plus, souvent ces entreprises échouent, le riche ou le capitaliste perd son argent, mais l'ouvrier a touché son salaire et gagné sa vie pendant quelque temps. Pourvu encore que le capital perdu ne soit pris que sur le superflu du premier, car la fortune ne se retrouve pas aussi facilement qu'un patron ; dans les circonstances ordinaires, celui-ci ne manque jamais à qui le cherche sérieusement.

Un mot encore en terminant.

Tu aimes ton pays, et quand tu chantes : « Mourir pour la patrie, » assurément tu le ferais au besoin. Tu veux donc que la France soit grande et puissante, qu'elle marche à la tête des nations civilisées, qu'elle soit aussi aimée que respectée. Or, mon ami, dans ce monde, les nations sont puissantes quand elles sont riches, et la pauvreté prépare ou accompagne la décadence. Garde-toi donc bien de te joindre à ceux qui prêchent le désordre et ne rêvent que bouleversement ; défie-toi :

De ceux qui attaquent la propriété, ils veulent pêcher dans l'eau trouble;

De ceux qui excitent les pauvres contre les riches, c'est l'envie qui parle par leur bouche;

De ceux qui proposent l'égalité des salaires, il n'y a que des paresseux qui puissent y trouver un avantage;

De ceux qui te flattent, ils veulent te dominer;

De ceux enfin qui promettent le bonheur universel, ils pourraient bien produire la misère universelle.

L'ordre, une sage liberté, le travail, l'amour du progrès, peuvent seuls nous rendre aussi heureux qu'il est possible de l'être sur la terre.

Ton dévoué ami.

⁎ ⁎ ⁎

L'éducation populaire a été systématiquement négligée et comprimée pendant des siècles ; les efforts de l'intelligence pour aspirer la lumière étaient cruellement refoulés par la domination brutale de l'égoïsme. Aujourd'hui tous les enfants de la France sont appelés à cette éducation généreuse qui préparera pour nos neveux un âge où la capacité ne pourra être méconnue, où le courage ne restera pas sans soutien, où le travail trouvera sa récompense dans la propriété. La société, s'asseyant sur les bases égalitaires et indestructibles de la fraternité, de la famille, du travail et de la propriété, marchera glorieusement dans la voie du progrès qui doit assurer aux générations futures le bonheur pour lequel nous travaillons si péniblement. De même que la propriété est l'axe du monde social, autour duquel gravite et se consolide la famille, de même l'éducation est l'élément qui utilise les fruits du passé et prépare les progrès de l'avenir.

C'est avec l'ardent désir de coopérer à cette émancipation intellectuelle que nous fondons cette bibliothèque.

Puisse l'appel que nous faisons à tous les cœurs généreux ne pas rester sans écho. Nous accueillerons chaque parole fraternelle qui tendra à persuader aux riches et aux intelligents bienveillance et sympathie pour ceux qui souffrent ; aux pauvres et aux faibles, résignation dans le présent, courage et confiance inébranlables dans l'avenir.

L. CURMER.

Paris. — Imprimerie de Rignoux, rue Monsieur-le-Prince, 23 bis.